연고자들

연고자들

백온유

위즈덤하우스

차례

연고자들 ·· 7
작가의 말 ·· 106

태화가 죽은 지 일주일이 지났다. 정확히 말하면 그 애의 죽음이 명확해진 지 일주일이 지났다. 경찰은 태화의 통화 내역을 확인해 지현에게 사망 소식을 알렸다. 그날 지현은 내게 전화를 걸어 울기만 했다. 그 애가 울부짖는 소리를 들으며 나는 두어 개의 불운을 머릿속으로 가늠했다. 그 안에 태화의 죽음도 있었다. 실은 그게 가장 유력하다고 생각했다. 언젠가부터 나는 잠자리에 들 때나 샤워를 할 때, 엘리베이터를 탈 때나 드라마를 볼 때 무심결에 태화의 죽음을 상상하고 이를 앙다물곤 했다.

    인지가 실감을 의미하지는 않는다. 나는 횡단보도를 건너다가 그 이야기를 들었다. 충격으로 단 한 걸음도 나아갈 수 없었다. 다만 쓰러지지 않기 위해 안간힘을 내어 제자리에서 숨을 크게 들이쉬고 내쉬었다. 신호등이 빨간불로 바뀌었을 때, 8차선 도로의 차들이 위협적으로 클랙슨을 울렸다. 나는 쫓기듯 도로를 벗어나 인도에 주저앉았다. 지현은 주저주저하다가 경찰에게 전해 들은 그 애의 손상과 변형과 부패 정도를 내게 전했다. 시신의 상태로 봤을 때 태화는 발견 당시로부터 약 2주 전 사망한 것으로 추정되었다. 그럴 리가 없다고 말하자 지현은 그게 검안의의 소견이라고, 아니라고 생각하는 이유가 있느냐고 되물었다.

아니라고 생각하는 이유는…… 그 순간 기이하고 절대적인 힘이 나를 막아 세웠다. 나는 입을 틀어막힌 듯 아무 말도 할 수 없었다.

야근을 하고 집에 돌아와 옷도 갈아입지 않고 냉동 삼겹살을 프라이팬에 올렸다. 되도록 밤에 뭔가를 먹지 않으려 하지만 저녁을 건너뛰고 업무에 시달린 탓인지 몸이 텅 빈 것 같았다. 허기가 내 몸을 장악할 때, 나는 화를 주체하지 못하므로 나를 어르고 달래는 심정으로 배를 채워야 했다.

집 안이 금세 연기로 자욱해졌다. 나는 식탁까지 음식을 옮기지도 못하고 선 채로 고기를 허겁지겁 삼켰다. 위가 찢어질 것 같은 고통을 느낄 때까지 미련하게 밀어 넣다가 헛구역질을 하고서야 간신히 젓가락을 내려놓았다.

배터리가 닳아 꺼졌던 태화의 휴대폰을 충전기에 꽂고 전원 버튼을 눌렀다. 태화는 내가 6년 전에 사줬던 기기를 여태 바꾸지 않고 쓰고 있었다. 여러 번 떨어뜨린 탓인지 모서리마다 흠집이 가득했고 액정은 깨져 있었다. 휴대폰에는 잠금이 걸려 있지 않았다. 감춰야 할 치부 따윈 전혀 없는 것일까. 최근에는 교류하는 사람이 별로 없었던 듯했다. 태화의 안부나 행방을 묻는 연락은 극히 드물었고, 근무하던 이자카야의 알바생들이 상의도 없이 결근한 태화를 채근하고 질책하는 메시지만 한가득이었다. 휴대폰을 꺼놓고 두문불출한 태화를 진심으로 걱정해서 연락한 사람은 지현뿐이었다.

전화는 왜 꺼놓고 그러냐. 밥 사줄 테니까 나와.

이번 달 상납은 건너뛰는 거야? 돈 갚으라고 안 할 테니까 연락 좀 해라.

사고 쳤냐? 집 앞에 갔었는데 우편물만 쌓여 있더라. 지금 어디 있는 건데?

내일까지 연락 안 하면 윤아 언니한테 말한다. 너 실종됐다고. 그걸 바라는 건 아니지?

지현은 사흘에 한 번꼴로 태화에게 협박을 가장한 안부 연락을 했는데 '상납'이라는 단어 때문에 참고인 조사를 받았다고 했다. 3주 전, 집으로 들어가는 태화의 모습이 빌라 CCTV에 찍혔고 이후에 집을 드나든 사람이 아무도 없어 태화에 대한 수사는 금세 종결되었다. 한동안 반지하에서 생활했던 태화는 작년 말 신축 빌라 4층으로 이사했다. 보증금의 일부를 지현에게 빌렸고 그 돈을 매달 갚고 있었다고 했다. 저들끼리 재미로 '상납'이나 '체불' 같은 단어를 쓴 모양인데 그 탓에 지현이 곤혹스러운 일을 겪은 것이었다. 지현은 태화에게 끝내 받지 못한 돈 같은 건 상관하지 않는 것 같았다.

  나흘 전 지현과 나는 태화의 시신을 인도받아 장례를 치르고 싶다는 의사를 구청 사회복지과 직원에게 전했다. 구청 쪽에서는 지현과 내가 태화의 친족이 아니기 때문에 시신 인도는 어렵다고 했다. 우리가 태화를 데려가지 않으면 당신네들한테 무슨 수가 있느냐고 물으니, 무연고 시신으로 분류되어 절차대로 관할구역 내에 발생한 사망자들과 함께 공영 장례식을 치르게 될 거라고 했다. 담당자의 설명을 듣고 나는 잠시 속상했지만 역시 안 되는가 보다, 하긴 진짜 가족도 아닌데 허락될 리가, 하고 순순히 단념했다.

  하지만 지현은 그 자리에 서서 검색도

해보고, 시청에도 전화를 하더니 금방 기세등등한 얼굴로 따져 물었다. 저기, 김윤희 주무관님? 무연고자 장례 주관자로 시신 인도받는 방법도 있다고 하는데 왜 무작정 안 된다고만 하세요. 김 주무관은 당황한 표정으로 자신이 근무한 이래로 이런 사례가 없어서 미처 몰랐다고, 금방 다시 알아보겠다며 이곳저곳 한참이나 전화를 돌렸다. 나는 한발 물러서서 지현을 물끄러미 보았다. 직원 앞에 팔짱을 끼고 선 지현은 누가 봐도 단단히 마음먹은 모습이었다. 태화를 인도받기 위해 사력을 다하지 않았던 내 태도를 돌아보고 잠시 민망함을 느꼈다.

 기다리는 동안 휴대폰으로 연고자라는 단어를 검색했다. 혈통, 정분, 법률 따위로 맺어진 관계나 인연이 있는 사람. 다시 무연고자를 검색했다. 가족이나 주소, 신분,

직업 등을 알 수 없어 신원이 불분명한 사람. 관련 검색어에 무연고 사망자 시신 처리가 떴다. 단어를 클릭하니 무연고 사망자 등에 대한 장례 지원 조례가 나왔다.

① 구청장은 해당 관내 있는 시신으로서 연고자가 없거나 연고자를 알 수 없는 시신에 대해서는 매장하거나 화장하여 봉안하여야 한다.
② 구청장은 제1항에 따른 무연고 시신 등에 대한 매장 또는 봉안의 기간을 5년으로 한다. 다만 국가 또는 사회에 공헌했다고 인정되는 사람에 대해서는 5년을 초과하여 봉안할 수 있다.

봉안된 지 5년이 지난 시신은 조례에 따라 정해진 장소에 집단으로 매장되거나 자연장 된다는 문장이 눈에 들어왔다. 순간 태화의 골분이 벚꽃 잎처럼 분분히 흩어지는 상상을 했다. 몰래 한 주먹 정도만 가지고 나올 수는 없을까. 그것을 녹차처럼 물에 개어 마시고 나면 태화를 무사히 잊고 살 수 있을 것 같았다.

엉뚱한 상상을 하고 있을 때 김 주무관이 우리를 불렀다. 무연고 사망자 장례 주관자 지정 신청서를 작성한 후, 사실관계 소명자료를 제출하라고 했다. 시신을 인도받아 장례를 치러줄 만큼 각별한 사이라는 것을 증명할 수 있는 자료를 증빙해야 한다는 것이었다. 그런 걸 어떻게 증명해요? 애랑 저랑 초중고 동창인데 졸업 앨범이라도 가져와요? 지현이 당혹스럽다는 듯 물었다.

"그간 고인의 병원비를 대납해줬다든지, 고인의 생계가 어려울 때 금융 지원을 해준 적 있으신가요? 혹은 문자 주고받은 내역을

출력해서 보여주시면 됩니다. 이 경우에는 오랜 세월, 꾸준히 교류했다는 걸 증명해야 합니다. 자료는 많으면 많을수록 좋겠죠."

장례 주관자로서 적합하다고 판정되면 며칠 안에 승인될 거라고 했다. 그는 '꾸준히'라는 부사를 '꾸우주운히'라고 늘려 말했다. 어느 정도 잦은 빈도로 연락을 주고받아야 친분이 인정되나, 세상에는 몇 년에 한 번씩 안부를 주고받는 가족들도 있지 않나, 복잡한 관계를 개인이 심사하듯 판단하는 건 우습다는 생각에 심사가 꼬였다.

"절차가 까다롭다고 느끼실 수도 있지만 객관적이고 엄격한 기준이 있어야 불순한 의도로 시신에 접근하는 사람들을 걸러낼 수 있으니까요. 고인을 위한 일이라고 생각해주시면 감사하겠습니다."

처음에 우리를 건성으로 대하던 것과는 달리 주무관은 제출해야 하는 서류를 노란색 포스트잇에 꼼꼼히 적어주는 성의를 보였다. 혹시 민원을 넣을까 봐 저러나 싶었는데 그건 아닌 것 같았다. 주무관은 잠깐 머뭇거리다가 물었다.

"제가 이 일을 2년 넘게 담당했는데 시신 인도하겠다고 하는 지인은 처음이라서요. 무빈소 장례로 진행하셔도 장례식장 안치실 비용, 상조 진행 비용이 상당할 텐데 모두 염두에 두고 계신가요?"

뜻밖에도 김 주무관은 우리를 걱정하고 있었다. 세상 물정 모르는, 의리만 중요한 인간들로 보였을까. 실은 나도 장례 비용이 신경 쓰였다. 그 부분이 걸린다는 것을 차마 입 밖으로 꺼내지 못해 소극적인 태도로 임했을 뿐이었다. 우물쭈물하는 나 대신 지현이 대답했다.

"그럼요. 그리고 무빈소로 안 해요. 지인들 부를 거예요."

김 주무관은 천천히 고개를 끄덕이더니 재차 확인하듯 지현 뒤에 선 나를 바라보며 물었다.

"화장비, 납골당 안치비도 두 분께서 함께 부담하시고요?"

지현은 한 치의 망설임 없이 나 대신 대답했다.

"네. 저희가 서류상 가족은 아닌데, 가족이나 다름없어요."

지현은 태화의 연인이 아닌 지 벌써 오래되었고, 태화의 말로는 친구도 못 된다고 했는데, 우습게도 태화가 할 법한 말들을 골라서 했다. 지현과 나 사이에는 늘 태화가 있었기 때문에 지금으로서는 지현과 나

사이를 정의하기가 어려웠다. 굳이 말하자면 우리는 태화의 연고자들이다.

지금이 아니면 기회가 없을 것 같아 용기 내어 김 주무관에게 물었다. 비용을 세세하게 따지고 드는 것 자체가 나의 궁핍함을 타인에게 드러내는 일 같아 마음이 부대꼈다. 그래도 내가 지현보다 네 살 많았으므로 조금 더 이성적일 필요가 있었다.

"어느 정도 들까요?"

"삼일장으로 진행하시면 천만 원 잡으셔야죠."

김 주무관은 단언했다. 그 정도의 비용은 상상조차 못 한 듯 지현은 눈을 휘둥그레 뜨고 입을 딱 벌렸다.

"보수적으로 잡아서 천만 원이고요. 조문객이 많으면 부대 비용이 더 들 테니 감안하셔야 합니다."

비용이 상당할 거라고 생각했지만 그 정도일 줄은 나도 미처 몰랐다. 내가 예상한 금액은 주무관이 말한 금액의 반 정도였다. 내가 3분의 2를 부담하고 지현에게 나머지를 내라고 하면 체면을 차릴 수 있지 않을까, 부조도 조금은 들어오지 않을까, 머릿속으로 이리저리 계산기를 두드리던 참이었다. 성인이 된 지가 언제인데 이런 것도 모르다니. 아직도 내가 철부지 어린애처럼 느껴져 자괴감이 들었다. 큰소리를 치던 지현이 당황한 기색을 숨기지 못하고 망연히 서 있자 우리의 곤란함을 읽은 듯 주무관이 포스트잇을 건네며 말했다.

"생각 좀 더 해보고 결정하세요. 공영 장례 한다고 해서 나쁜 거 하나도 없어요. 지인분들 모실 수도 있고요. 저희도 고인 잘 보내드리기 위해서 많이 노력합니다."

지현은 구청을 나온 직후 잠시 풀이 죽은
듯했으나 금세 기운을 차리고 내게 말했다.
그래도 언니, 태화가 무연고자로 기록에
남는 건 좀 아닌 것 같아요. 언니도 그렇게
생각하죠? 그건 진짜 좀 그렇잖아요. 맞죠?
물론 나도 그건 아니라고 생각했다. 부모 형제
없이 살다가 죽을 때도 오롯이 혼자. 그게
태화의 마지막 기록이라고 생각하니 차마
현실적인 얘기를 꺼낼 수가 없었다. 하지만
천만 원이라니. 너는 그 정도의 여윳돈이
있는 거니. 나는 지현에게 단도직입적으로
묻고 싶었다. 천만 원을 내야만 우리가
도리를 다하는 거니? 그건 아니지 않아? 꼭
우리 손으로—돈으로—장례를 치러야만
하는 걸까. 지현은 지하철을 타러 가는 길에
은행 애플리케이션으로 적금을 해지했다.
말릴 틈도 없었다. 3년을 부으면 나라에서

돈을 보태어 천만 원을 만들어주는 적금인데 원래는 올해 말이 만기라고 했다. 지현이 너무 담대하고 강경해서 나는 도리어 무력해졌다.

"언니. 소망의 집 최 선생님께 우리 단체 사진 보내달라고 했어요."
"언니. 필요한 서류 모두 준비해서 지금 구청에 가고 있어요."
"언니. 아무래도 조문객이 많지는 않을 것 같아서요. 상조에서는 이일장 정도로 끝내는 걸 추천하더라고요."
그날 이후 지현은 내게 일의 진행 과정을 꼬박꼬박 보고했고 그때마다 나는 무감하게 그래, 그래 하고 단답식으로 대답했다. 처음에는 너무 자주 전화를 하기에 뭐라도 하라고 눈치를 주는 건가 싶었다. 이미 나는 장례 비용을 마련하기 위해 두 개의

신용카드로 무리하게 현금 서비스를 받았다.
나름대로는 할 수 있는 최선을 다한 셈이었다.
그 돈을 갚는 몇 개월 동안 나는 또 태화를
곱씹고 되새겨야만 할 것이다.

    그래도 지현에게 내가 해야 할 일이
있으면 무엇이든 얘기하라고 했다. 지현은
생기면 말하겠다고 하더니 지금껏 잠잠했다.
가만히 보니 지현은 내가 태화를 잃은
충격에 넋을 놓고 있다고 여기는 것 같았다.
그 애는 회사에 양해를 구해 연차를 몰아
쓰고 있었다. 그렇게 무리하면서도 내게는
아무것도 요구하지 않았다. 어젯밤, 비가
쏟아지는 가운데 그 애가 태화의 시신을
안치할 예정인 공설 납골당에 미리 와봤다고
'보고'하며 영상통화를 걸었다. 태화는 금액이
가장 저렴한 꼭대기 층에 봉안될 거라고 했다.
나는 멍하게 화면 속 납골당을 바라보았다.

키가 작은 지현이 팔을 한껏 뻗어야 닿는 높고 어두운 구석 자리를. 나는 수고했다고 건성으로 말했다. 그때 지현이 염려하는 목소리로 언니, 제가 집으로 갈까요? 하고 물었다. 문득 그 애가 무엇을 두려워하는지 깨달았다.

"그러지 말고 당분간 어머니 집에 들어가 계시면 어때요? 그러니까…… 이럴 때는 혼자 있으면 자꾸 나쁜 생각만 드니까요. 혹시 술 드신 건 아니죠? 장례 절차는 상조에서 시키는 대로 따르면 된대요. 태화 지인이 제 지인이라 부고 문자도 벌써 다 돌렸고요. 언니는 진짜 아무 걱정 안 해도 돼요."

지현이 오해하도록 내버려두었다. 내가 나쁜 생각을 할까 봐 지현이 노심초사하고 있을 때 나는 그 애를 안심시키는 대신 정말로 나쁜 생각을 한 적이 있는 것처럼 수화기에 대고 깊은 한숨을 내쉬었다.

　태화의 휴대폰 배경 화면은 4년 전 내 생일에 지현과 태화, 그리고 내가 속초 바다에서 찍은 사진이었다. 좋은 말만 오간 여행은 아니었는데 태화는 좋은 기억만 남기기로 한 모양이었다. 나는 그때의 우리가 정말 어렸다는 생각을 하며, 메시지 함에 들어갔다.

　누나. 새해 복 많이 받아! 건강하고, 올해 좋은 일만 가득하기를 바랄게.

　그 애가 두 달 전 내게 보낸 문자를 마지막으로 우리가 소통한 기록은 없었다. 왜 답장을 하지 않았더라. 연말연시에는 지인들에게서 한꺼번에 문자가 밀려들기

마련이고 나는 반드시 답장해야 하는 몇몇 지인들, 그러니까 상사나 거래처 직원이나 공들이고 있는 고객들에게 우선적으로 답장하느라 태화를 잊어버린 것 같았다. 분명 고의는 아니었다.

너무 급하게 먹은 탓인지 체한 듯 속이 좋지 않았다. 적당히 먹고 절제하는 것. 내겐 너무 어려운 일이었다. 그때, 초인종 소리가 들렸다. 몸을 일으켜 현관 앞으로 갔다.

"누구세요."

대답이 없었다. 이 시간에 내 집에 찾아올 사람은 없었다. 지난 일이 년간 이 집에 방문한 사람은 단 한 사람뿐이었다.

"누구세요."

다시 한번 물었다. 현관문 너머의 존재는 아무 대답도 없었다. 문밖 세상이 삭제된 듯한 깊은 적막 속에서 나는 기시감을 느꼈다.

이 순간이 마치 꿈결처럼 느껴지는 부유감.
찰나의 순간에 나는 불편한 더부룩함도,
촉각을 곤두서게 하는 불안도 감각할 수 없는
둔감한 상태에 빠졌다. 방금 잠에서 깨어난
것처럼 혼몽한 감각으로 문 가까이 붙어 섰다.
그리고 속삭이듯 물었다.

"너니?"

"응. 나야."

또다시 태화였다.

❖

나는 쇠락한 도시에서 유년기를 보냈다.
풍경이건 사람이건 모두 구식이고 노후화된
곳이었다. 어머니는 다방을 운영하다가
내가 초등학교에 입학한 후 다방의 이름을
찻집으로 바꿨다. 몇 년 후에는 커피숍으로

한 번 더 간판을 바꿨는데 우리 가게는 늘 다방이라 불렸다. 태화를 만난 건 어머니가 찻집을 운영할 때였다. 나이가 많은 이모 한 명만 남아 어머니 가게 일을 돕고 있었다. 언니들을 내보낸 후 매출이 바닥을 치자 어머니는 걱정이 이만저만 아니었다. 주방 이모가 점심시간에는 돈가스를 튀겨서 팔자는 묘안을 냈고 그렇게 한동안 우리 가게는 찻집이자 밥집으로 존재했다.

 나는 그날 학교에 다녀와 TV를 보고 있었다. 어머니는 자신을 졸졸 쫓아다니는 내가 성가신 듯 눈만 마주치면 밖에 나가서 친구들과 놀다 오라고 했다. 나는 구박을 받으면서도 그 공간에 어머니와 함께 있는 게 좋았다. 딸내미가 마담 닮아서 예쁘네, 하며 용돈을 주는 아저씨들은 친구들보다도 친근했다.

한가한 시간대였다. 머리를 노랗게
염색한 여자가 어린 남자애를 데리고 가게에
들어왔다. 돈가스 하나 주세요. 여자가 말했다.
주문을 받은 어머니는 주방을 향해 돈가스
하나, 수프는 두 그릇 퍼줘, 하고 소리쳤다.
나는 눈치껏 김치와 단무지를 작은 접시에
덜어 쟁반에 담았고 어머니는 포크와 나이프,
스푼을 냅킨에 말아 그 옆에 내려놓았다.
어머니는 어린 남자애와 노란 머리의 여자를
흘깃 보고는 "희한하게 기분이 더럽네" 하고
중얼거렸다. 그건 나만 들을 수 있을 정도로
작은 목소리였다. 내가 어머니를 향해 "뭐가
더러운데?" 하고 묻자, 여자가 우리 쪽을
쳐다보았다. 어머니는 당황한 목소리로
더럽기는 뭐가, 네 옷이 꼬질꼬질하다고,
뭘 그렇게 묻히고 먹었어, 하며 돌연 나를
타박했다. 열두 살에 불과했지만 나는

어머니가 상황을 모면하려 할 때마다 괜히 내게 화를 낸다는 사실을 알았다. 그래서 지지 않고 엄마가 더 더러워, 완전 꼬질꼬질해, 하면서 맞받아쳤다.

　어머니는 수프와 차가운 물을 테이블에 내려놓으며, 여기 사람 아니죠? 이 동네 사람들 빤한데 아가씨는 얼굴이 낯설어서, 하고 살가운 척 말을 붙였다. 노란 머리 여자는 어색한 표정으로 대충 고개를 끄덕일 뿐 대꾸하지 않았다. 어머니도 더는 귀찮게 하지 않았다. 돈가스가 나온 뒤 여자는 아이가 한 입에 넣을 수 있도록 돈가스를 잘게 잘랐다. 그리고 유난스럽다고 느낄 만큼 오랫동안 후후 불어 식혔다. 물수건으로 남자아이의 조그마한 두 손을 꼼꼼히 닦은 다음, 포크를 손에 쥐여주고 천천히 먹으라고 말했다. TV를 보는 척하며 두 사람이 앉은 테이블을 힐끔힐끔 살핀 건, 그 모습이 부러워서였다. 그 이후의 상황들은 20여 년이 흐른 지금까지 방금 본 장면처럼 선명하게 남아 있다.

주방 이모가 갑자기 집에 급한 일이 생겼다고, 잠시 자리를 비워야 할 것 같다며 주방을 나와 앞치마를 푼다. 그와 동시에 아저씨 여덟 명이 우르르 가게 안으로 밀고 들어와서는 냉커피를 내오라고 고함을 지른다. 어머니는 아유, 꼭 이런다니까, 불퉁거리며 이모의 등을 떠밀어 집으로 보낸다. 소란을 뒤로하고 주방으로 들어가기 전 어머니는 내 귀에 속삭인다. "애 엄마랑 애한테서 눈길 떼지 말고 잘 보고 있어. 알겠지?" 나는 영문도 모르는 채로 고개를 끄덕인다. 그제야 나는 노란 머리 여자가 아이의 어머니인 걸 깨닫는다. 이상하게도

나는 그때까지 두 사람이 모자 관계라는
것을 알아차리지 못했다. 여자가 너무 앳된
얼굴이라서였을 것이다.

　　노란 머리 여자는 아이가 돈가스를 먹는
동안 수프 두 접시를 그릇째로 후룩후룩
마신다. 남자애가 그 속도를 따라잡기 위해
돈가스 조각을 한 번에 두 개, 세 개씩
허겁지겁 먹으니 여자가 낮은 목소리로
혼을 낸다. 그렇게 먹지 말라고 했지. 천천히
먹으라고, 천천히. 아이는 눈치를 보며 천천히
돈가스를 씹는다. 여자는 아이의 입가에 묻은
소스를 티슈로 닦아주고 자리에서 일어난다.
그는 빨간색 가디건에 짧은 청치마를 입고
있다. 내게 화장실이 어디 있느냐고 묻는다.
나는 카운터에 있던 열쇠를 직접 건네주며
가게를 나가 오른쪽으로 돌면 계단이
나오고 계단을 반 층 올라가면 화장실이

보인다고 일러준다. 여자는 아이에게 금방
갔다 올게, 하고 머리를 쓰다듬는다. 그가
작은 가방을 챙겨 나가는 것을 나는 똑똑히
지켜본다. 지켜만 본다. 조그마한 크기의
흰색 핸드백이었다. 그는 분홍색 샌들을 신고
있었다.

 목격한 걸 경찰에게 조목조목 설명하자
경찰은 어떻게 그걸 다 기억하느냐고,
어린애가 참 똘똘하고 눈썰미가 있다고
칭찬했다. 나는 똑같은 진술을 두 번, 세 번
반복해서 말해야 했다. 하면 할수록 나는
들떴던 것 같다. 어른들이 나를 추켜올리며
기특하다고, 신통방통하다고 머리를 쓰다듬을
때 나는 들뜬 기분을 숨기지 못했다. 그러나
내가 정말 똘똘했다면 가방을 챙겨서 나가는
여자를 가만히 두고만 보고 있었을까?
강냉이와 냉커피 여덟 잔을 옆 테이블에

서빙한 뒤 어머니는 혼자 남은 남자아이를 보고 소스라치게 놀랐다.

"윤아야, 얼른 화장실에 가봐. 사람 있는지 봐봐."

노란 머리 여자는 우리 가게 화장실 열쇠와 함께 사라졌다. 혼자 남은 아이는 경찰에 인계되었다.

나는 그 애를 의외의 장소에서 다시 보았다. 학교 급식실이었다. 그 애가 결국 제 어머니를 찾지 못했다는 사실과 우리 지역의 보육원에 입소했다는 것도 알게 되었다. 태화는 두상이 예뻐서 짧게 자른 머리가 밤톨처럼 동글동글하게 잘 어울렸다. 덩그러니 혼자 앉은 아이는 쌍꺼풀 없이 큰 눈으로 주위를 경계하듯 두리번거리며 밥을 먹고 있었다. 그 애는 나를 기억하지 못하는 눈치였고—1학년이었으니 당연했다—나는 그 애를 알은척하지 않았다. 그저 가끔 학교에서 마주치면 그 애가 얼마나 컸는지, 표정이 밝은지 어두운지, 친구와 함께 다니는지 혼자 다니는지를 유심히 살폈다. 어쩌면 나는 그때부터 태화를 혼자 은구히 애틋해했던 것일지도 모른다.

    우리가 가까워진 건 그로부터 몇 년이 지나서였다. 열다섯 살이 되던 해, 어머니의 형이 확정되어 나도 소망의 집에 입소했다. 어머니는 커피숍으로 간판을 한 번 더 바꾼 뒤 돈가스를 메뉴판에서 삭제했다. 대신 가게 구석에 파티션을 세우고 동네 아줌마, 아저씨들과 고스톱을 쳤다. 그즈음부터 늘 가게가 북적였다. 밤에도 손님들은 집에 돌아가지 않았다. 어머니가 사람들을 어떤 식으로 꾀어내고 등쳐먹었는지 나는 잘 모른다. 내가 아는 것은 그 동네에 11층짜리 아파트가 들어섰을 때 우리가 그 집을 현금으로 매입했다는 것, 내가 휴대폰을 사달라고 하면 휴대폰을, 노트북을 사달라고 하면 노트북을 사줄 정도로 어머니의 사정이 나아졌다는 것 정도다. 이사한 지 반년도 안 되어 어머니는 단골손님에게 사기 혐의로 피소되었고 기망 행위가 입증되어 감옥에 갔다.

사감 선생님의 심부름으로 다용도실에 갔다가 태화를 마주쳤다. 그 애는 다용도실 하부장 앞에서 웅크리고 있다가 내가 들어오자 화들짝 놀라 엉덩방아를 찧었다.

"뭘 숨긴 거야?"

내가 물었더니 태화는 눈을 피하며 그냥요, 하고 얼버무렸다. 수상한 느낌에 아이를 밀어두고 하부장을 열었다. 그곳에 멸균우유 몇 박스와 몽쉘 한 상자가 보였다.

태화는 뭔가를 숨긴 것이 아니라 먹을 것을 찾기 위해 서랍을 뒤지는 중이었다.

"배고파?"

도망치듯 밖으로 나가려 하는 태화의 손목을 붙들어 세웠다. 박스의 비닐을 뜯어 멸균우유 몇 팩과 몽쉘을 손에 들려주었다. 그걸 허락 없이 손댈 권리는 내게도 없었지만 겁이 나진 않았다. 소망의 집은 배고픈 아이에게 우유를 줬다고 꾸중할 만큼 각박한 분위기는 아니었다. 그 후 가끔씩 태화를 따로 불러내 간식거리를 챙겨주었다. 물어뜯은 손톱에 피가 맺힌 것을 보면 밴드를 붙여주었고 그 애의 떡 진 머리를 빗으로 넘겨주기도 했다. 태화가 나를 잘 따르는 것을 보고 사감인 최 선생님이 나를 그 애의 담당 멘토로 붙여주었다. 소망의 집에는 상주하는 교사가 열 명이 넘었지만 아이들을 지도—통제—하기에 충분한 수는 아니었다. 나이가 많은 원생이 나이가 어린 원생 두서넛씩을 맡아 위생 상태를 점검하고 숙제를 도와주기도 했는데 일찍이 우리는 그런 관계로 묶였다.

    태화는 보육 선생님들에게 다루기 까다로운 아이로 분류되었다. 큰 사고를 치지는 않지만 예상을 벗어난 행동을 자주 했고 시설 밖에서 밤을 새우고 들어오는 일이 잦았다. 조그마한 아이가 새벽까지 동네를 쏘다니자 의아하게 여긴 어른들이 경찰에 신고를 한 적도 있었다. 반항심이 있는 편은 아니었으나 사소한 규칙들을 어길 때 거리낌이 없었다. 태화 때문에 몇 번 난처한 상황을 겪은 보육 선생님들은 태화를 서로에게 미루며 기피했다. 그런 태화가 내게는 곧잘 다가와 이런저런 질문도 하고 학교에서 있었던 일을 떠들기도 했다. 가끔씩 지나치게 수다스럽고 별스럽지 않은 일까지 상의하려 해서 귀찮다는 느낌이 들 정도였다.

선생님들은 나를 구슬려 태화를 보살피게 했다. 내가 말하면 태화는 군말 없이 제시간에 잠자리에 들었다.

우리는 자주 보육원 뒷마당에 마련된 쉼터에 앉아 우유에 제티를 타 마셨다. 쉼터는 아이들이 앉아서 쉬라고 만든 작은 정자였는데 덩굴이 기둥을 타고 올라가 처마까지 덮었다. 가지치기를 제때 해주지 않아 풀이 우거져 있었고 멀리서 보면 아주 큰 둥지 같았다. 쉬라고 만든 공간이었지만 그곳에 앉으면 머리나 어깨에 벌레가 툭툭 떨어진다고 아이들은 절대 그곳에 들어가지 않았다. 그래서 쉼터는 우리들만의 아지트나 다름없었다. 우리는 둘 다 벌레를 두려워하지 않았다. 오히려 어깨에 송충이나 거미가 떨어지면 그것을 잡아서 관찰하곤 했다. 내가 태화야, 이것 봐, 하고 그 애를 부르면 흐리멍덩하던 태화의 눈빛에 별안간 불이 켜졌다. 나는 그게 좋았다. 내가 누군가에게 중요한 사람이 되었다는 게. 그 애를 긍휼히 여기는 마음 자체가 거짓은 아니었지만 나를 결코 저버리지 않을 누군가가 생겼다는 사실에 더욱 고양감을 느꼈다.

❖

태화는 보름 전부터 매일 나를 찾아오고 있었다. 경찰이 추정한 그 애의 사망 시점은 3주 전이었다. 그러니까 내가 지금껏 만난 건 이미 죽은 태화인 것이다.

초인종이 처음 울린 밤, 나는 집을

잘못 찾은 취객이겠거니 무시했다. 또 한번 초인종이 울렸고 나는 까치발로 현관문 앞으로 가 외시경에 눈을 붙였다. 사람이 문 앞에 너무 가까이 붙어 있어 희미한 옷가지만 보일 뿐 인상착의를 확인할 수 없었다. 기이한 적막 속에서 나는 선뜻 문을 열지도, 방문자를 추궁하지도 못한 채 조마조마한 마음으로 서 있었다.

"누나. 나야."

너무 작은 소리라 내가 들은 게 맞는지 확신할 수 없었다. 그런데도 홀린 것처럼 문을 열었다. 태화는 떨고 있었다. 얼굴에 핏기가 없고 입술이 파랬다. 이 시간에 웬일이야. 놀랐잖아. 긴장이 풀려서인지, 나는 신경질적으로 버럭 소리를 질렀다. 밖에 나가면 하얗게 입김이 피어오를 만큼 쌀쌀한 날씨인데 태화는 집에 있다가 급히 나온 것처럼 얇은 옷차림이었다. 미안, 많이 놀랐어? 태화는 머쓱한 표정으로 혹시 집에 먹을 것이 있느냐고 물었다. 나는 급한 대로 라면을 꺼냈고 냄비에 물을 올렸다. 금세 끓어오르는 물을 보면서 석연찮은 기분에 잠겼다. 태화가 욕실에서 손을 씻고 식탁에 앉았다. 나는 냄비 받침을 깔고 라면을 옮긴 후 태화의 맞은편에 앉았다.

"미리 전화라도 하고 오지 그랬어."

"휴대폰이 꺼졌더라. 놀랐지?"

"놀랐지, 그럼."

"그래도 오랜만에 보니 반갑지?"

태화가 너스레를 떨며 밝게 웃었지만 나는 불편한 기색을 숨기지 않으며 면이 붇기 전에 빨리 먹기나 하라고 쏘아붙였다. 무척 시장했던지 태화는 뜨거운 라면을 급하게 먹었다. 나는 냉장고에서 김치를 꺼내 왔다.

"음식점에서 일하는 애가 밥도 못 먹고 다니니."

태화는 1년 넘게 이자카야에서 일하고 있었다. 전공과는 전혀 상관없는 일자리라 몇 달만 하고 그만둘 줄 알았는데 꽤 오래 근속하고 있었다. 그만두면 먹고살 길이 요원하니 어쩔 수 없이 버티고 있는 것일지도 몰랐다. 태화는 사장이 한동안은 설거지와 서빙만 시키더니 최근에는 요리를 한두 가지 알려줘서 자신도 불 앞에 선다고 말했다.

"할 만해?"

"할 만해. 재밌어."

나는 태화가 일에 재미를 붙이길 바랐다.

"근데 새벽까지 운영하는 가게 아니야? 오늘은 일찍 마친 거야?"

"응, 오늘만. 나, 해물 야끼우동이랑 오꼬노미야끼를 잘해. 다음에 만들어줄게."

그러고 보니 한번 가겠다고 해놓고 지금껏 들르지 못했다는 게 떠올랐다.

"오꼬노미야끼 같은 메뉴 주문이 들어오면 기분 좋아. 재밌어. 뭔가 일식 전문가 같지 않아? 누나, 덴뿌라가 뭔지 알아?"

"튀김?"

"아는구나. 나는 그런 것도 여기서 일하면서 처음 먹어봤어. 아게다시도후는?"

"글쎄. 모르겠네."

나도 모르게 하품을 했다.

"두부 튀김을 아게다시도후라고 해. 감자 전분을 묻혀서 기름에 튀기는 요리. 두부가 부서지지 않게 조심스럽게 잡아야 되는데 그게 은근히 어려워. 두부가 정사각형 모양으로 깨끗하게 튀겨지면 내가 엄청 능숙한 사람처럼 느껴지거든? 그게 좋아."

태화는 웃을 때 오른쪽 눈을 찡그리는 버릇이 있었다. 나는 수다에 형식적으로만 반응해주며 태화가 다른 꿍꿍이를 숨기고 있는 게 아닌지 속으로 가늠했다. 지나치게 쾌활한 게 어딘지 부자연스러워 보였기 때문이다. 태화는 술에 잔뜩 취한 손님이 행패를 부리고 자신에게 컵을 던져 이마가 찢어진 일, 음식에서 머리카락이 나와 컴플레인이 들어왔다고 사장이 월급을 깎은 일을 말하며 술집에 있다 보면 그런 황당한 일도 생긴다고 했다. 태화에게 불친절한 인간들이 많은 것이 언짢았는데 나는 그런 무례를 익숙하고 사소한 에피소드로 여기는 태화가 답답해서 화가 났다.

"그리고?"

"그리고라니?"

"그래서 어떻게 됐다는 거야?"

"어떻게 되기는. 그냥 그랬다는 거야. 술도 파는 곳이라서 그런지 가끔 그런 사람들이 있어."

"신고는 왜 안 해? 보상은 받았어? 사장은 왜 그 모양이야. 거기서 네 편 들어주는 사람은 없어?"

반응이 예상과 달랐는지 태화는 얼버무리며 그래도 일이 커지지는 않았다고, 그냥 어쩌다 일어난 일이라고 주워섬겼다. 변명하듯 좋은 사람들도 많다고, 자신이 만든 음식을 먹고 나서 맛있었다고 칭찬하는 손님들도 있다고 했다. 그런 식으로 대응하면 또 무시를 당하고 말 거라고 충고하고 싶었다. 하지만 매번 태화의 일에 혼자 발끈하고 흥분하는 것 같아서 일부러 말을 돌렸다.

"내일 주말이니까 같이 호수 공원이라도 갈래? 이자카야는 오후 출근이잖아."

나는 불편하고 탐탁지 않은 마음을
숨기려고 더 상냥한 체했다.

"무슨. 이것만 먹고 가려고."

"간다고? 어떻게 가려고. 곧 있으면
버스도 끊기는데. 그럼 왜 왔어, 갑자기."

"그냥. 그러고 싶었어."

태화가 빙긋 웃었다. 웃고 있는데도
어딘가 고단한 느낌이 들었다. 평소보다
얼굴이 초췌하고 파리했다.

"추워? 겉옷 줄까?"

"괜찮아."

태화는 면발을 다 건져 먹은 후 국물까지
후루룩 마셨다.

"배부르다. 잘 먹었어, 누나."

태화가 자리에서 일어나 냄비와 그릇을
치우려고 하길래 소파에 앉아 TV나 보라고
했다. 냄비를 치우려고 들어보니 라면이 아직

남아 있었다. 면이 불어서 그래 보이나 싶어 젓가락으로 냄비 속을 휘저었다. 하지만 정말 입도 대지 않은 것처럼 라면이 거의 그대로였다.

"너 먹는 양이 줄었니?"

태화는 어깨를 으쓱했다.

"배고프다더니."

나는 남은 라면을 싱크대에 그대로 부었다. 태화는 거실로 가다가 문득 고개를 들어 천장을 올려다봤다. 냄비를 씻으며 나는 태화를 흘깃 바라봤다. 거기 뭐가 있어? 내가 물었다. 태화는 작은 거미가 보인다고 말했다. 설거지를 대강 끝내놓고 태화 곁으로 갔다. 그때 형광등 램프 두 개 중 하나에 불이 나갔다. 실내 조도가 조금 낮아졌고 그 순간 나는 극심한 통증을 느꼈다. 내 몸의 반쪽이 허물어지는 듯한 느낌이었다. 태화의 발밑에

그림자가 없었다. 나는 태화가 죽었거나,
죽어가고 있다는 것을 직감적으로 깨달았다.
그 후에 따라오는 생각은 태화가 자신의
죽음을 알고 있느냐는 것이었다. 태화의
표정은 태연했다. 아직 자각하지 못하는 것일
수도 있었다.

 그 애의 죽음을 예감하자 나도 모르게
눈물이 고였다. 눈물이 떨어질까 봐 태화처럼
천장을 올려다보았다. 태화 말대로 작은
거미가 거미줄을 타고 대롱대롱 매달려
있었다. 마음의 반은 슬픔이, 나머지 반은
분노가 차지했다. 거미는 성실히 집을
짓고 있거나, 그물에 먹이가 걸려들기만을
기다리는 것이었겠지만 나는 가느다랗고 얇은
줄에 의지해 그것이 어떻게든 버티고 있는
모습으로 보였다. 그러자 어쩔 수 없이 냉담한
마음이 되었다. 태화가 결국 그런 선택을

하고야 말았다는 것을 용서하기 힘들었다.

태화가 넌지시 물었다.

"형광등 새거 있어?"

"없어. 내가 내일 갈면 돼."

"거미 잡아줄까?"

"내버려둬."

태화는 고개를 끄덕이고 소파에 앉았다. 내 침실 옆, 잠긴 방을 가리키며 물었다.

"저기가 어머니 방이라고 했지?"

"아니야. 이제 그냥 잡동사니 두는 방. 창고처럼 써."

이사 오자마자 어머니가 자고 갈 것을 대비해 작은 침대를 들여놓았다. 지금은 후회 중이었다. 어머니는 내가 취직한 해에 재혼해 새 가정을 꾸렸다. 등본상으로는 초혼이었다.

"누나 그거 기억나? 어릴 때 우리, 정착금 받으면 같이 살자고 했었잖아."

물론 기억했다. 태화가 그런 말을 했던 것도, 내가 동조하지 않고 옅은 웃음으로 무마했던 것도. 만으로 열여덟이 되면 보육원에서 나와 자립을 준비해야 했다. 자립 지원금을 합쳐서 함께 방을 얻어 지내는 몇몇 언니들이 있다는 걸 보육 선생님들이 알려주었다. 그들이 얼마나 돈독하게 자매처럼 잘 지내는지, 어떻게 서로의 울타리가 되어주고 버팀목이 되는지. 선생님들은 그런 걸 우리에게 가르쳐주고 싶어 했다. 자립 지원금을 사기당하거나 단 며칠 만에 탕진하는 선배들의 이야기도 경고 차원에서 자주 늘어놓았다. 중학생이었던 태화는 보육 선생님들의 말이 기억에 남았는지 어른이 되면 우리도 같이 살자, 누나, 응? 하면서 내 대답을 재촉했다. 그런데 나는 그 말에 희미한 거부감을 느꼈다. 그

말은 어머니가 나를 데리러 오지 않는다는 것을 전제로 하고 있었기 때문이다.

    태화는 정말 그랬으면 어땠을까, 하더니 분명 사람들이 우리를 되게 이상하게 봤을 거야, 그렇지? 하고 혼자 묻고 답했다. 나는 잠자코 듣고만 있었다.

    깨닫고 나니 태화의 창백함이 예사로 보이지 않았다. 나는 묻고 싶었다. 왜 그랬니? 정말로 결국 죽어버린 거야? 하지만 태화가 아직 죽음을 자각하지 못한 거라면 최대한 늦게 알게 되기를 원했다.

    그날 태화는 내가 잠시 씻고 나오는 사이에 사라졌다. 그리고 그날 이후로 밤마다 나를 찾아오고 있었다. 태화가 우리 집 문을 두드린 그날부터 나는 종종 태화에게 전화를 걸었다. 그때마다 휴대폰은 꺼져 있었다. 찾아갈까 하고 고민도 했지만 결심이 서지 않았다. 나는 태화가 이미 죽었으리란 나의 직관이 차라리 망상이기를, 지나친 기우이기를, 태화가 평소의 태화로 느껴지지 않는 이 이질감이 나의 오류이기를 간절히 바랐다.

그러나 태화는 자신의 시신이 발견된 날에도 뻔뻔하게 나를 다녀갔다. 문밖에서 나를 부르는 목소리는 그간 내가 만난 태화 역시 유령—영혼이라고 부르는 게 나을까. 넋이나 망자? 사실 적당한 표현이 떠오르지 않는다—이었다는 사실을 뒷받침하는 증거였다. 태화가 내게 찾아와서 하는 일은 잡무에 시달려 피곤한 나를 붙들고 수다를 떠는 게 다였다. 배가 고프다고 먹을 것을 조르는 건 덤이었다.

태화는 과거 얘기를 많이 했다.

그중에서도 후회되는 일들을 자주 곱씹었다.
내 만류에도 흡연을 시작한 일, 학교를
졸업하고 스물한 살부터 스물세 살까지 모은
돈 전부를 코인에 투자해서 날린 일, 지현과
혼인신고를 하기로 약속한 날 휴대폰을 끄고
수면제를 잔뜩 먹은 일 같은 것. 며칠 전에는
앉자마자 그런 말을 했다. 어머니를 찾겠다고
방송에 출연했던 건 경솔한 짓이었다고.
지현과 헤어진 것은 일생일대의 실수라고.

"지현이한테 짐이 되기 싫어서
헤어지자고 한 건데, 지현이가 붙잡을 때 잡힐
걸 그랬어."

"너 바보야?"

"바보는 맞지. 좀 똑똑했으면 누나가
나한테 실망 안 했겠지."

사실 나는 모든 일들을 곁에서 보고도
태화에게 실망하지 않았다. 실망하기보다는

늘 애처로움을 느꼈다. 태화는 그걸 모르고 있는 것 같았다.

❖

출소하자마자 어머니는 나를 데리러 왔다. 의외였다. 사실 유기에 대한 가능성을 언제나 염두에 두고 있었기에 무척 기뻤던 기억이 난다. 나는 살아가는 동안 어머니가 나를 절망에 빠뜨릴 때마다 그때의 감동을 꺼내어 스스로 어머니를 용서했다. 고등학교 2학년 때 보육원을 떠나 조금 큰 도시로 이사한 뒤에도 태화와는 연락을 꾸준히 주고받았다. 페이스북과 카카오톡과 인스타그램을 넘나들며 연락은 이어졌다. 태화는 소망의 집 출신의 동갑인 지현과 사귀게 되었다는 사실을 내게 알리며 쑥스러워했다. 나는 제대로 된 연애 경험도 없으면서 종종 그 애의 연애 상담을 해주었다. 태화는 마이스터고 용접과에 입학해 예상보다 일찍 보육원을 나왔다. 기숙사에 살면서 방학 때는 며칠간 우리 집에서 머물기도 했다. 어머니는 태화가 '그때 그 애'라는 사실을 듣고 놀라워했다. 어머니가 입조심하지 않는 바람에 태화가 유기되던 날 실종 아동 신고를 한 사람이 나와 어머니라는 사실도 허무하게 들키고 말았는데 태화는 생각보다 놀라지 않았다. 오히려 우리의 묘한 운명에 감명을 받은 눈치였다.

우리는 나이가 들수록 끈끈해졌다. 태화는 스물한 살에 거제에 있는 조선소에 취직했다. 노동 강도는 높았지만 또래들보다 연봉도 높고 정규직 전환도 빨리 됐다. 일이 고되고 외롭다는 말을 자주 하기에 나는 그

애가 안쓰러워서 한 달에 한 번은 시간을
내어 거제도로 갔다. 그 애의 동료들은 모두
내가 태화의 친누나인 줄 알고 있었다. 나도,
태화도, 그렇게 오해받는 것이 기꺼워서 한
번도 바로잡지 않았다.

    태화는 경기도 광주의 가구 공장으로
이직한 뒤에 지현과 작은 원룸에서 동거를
시작했다. 투룸을 계약할 만큼 돈을 모으면
혼인신고를 할 거라고, 그때 꼭 증인이
되어달라고 말했다. 나는 그렇게 하겠다고
약속했다. 태화의 행복을 빌어줄 사람은
당연히 나여야 했다. 그러던 중 태화가 그간
벌어둔 돈을 코인으로 모두 날리는 일을
겪었다. 빈털터리가 된 그 애는 실의에 잠겨
집에 틀어박혔다. 지현과 나 역시 금전적인
여유가 있는 편은 아니었다. 그래도 어떻게든
함께 힘을 모아 급한 불을 껐다. 일상으로

돌아온 태화는 우리에게 돈을 갚겠다며 다시 성실하게 일했다.

우리는 적당히 수습할 수 있을 정도로만 휘청거리며 모범적으로 자립했다. 나는 그 사실에 꽤 자부심을 느꼈다. 마음이 부지불식간에 어두워지고 황폐해지는 날도 있었다. 그래도 우리 정도면, 이 정도면 나쁘지 않잖아, 하고 홀로 되뇌었다. 그러면 정말로 그런 것처럼 느껴졌다.

우리가 어긋나기 시작한 건 4년 전부터였다. 내 생일을 기념해 간 속초 여행에서, 태화는 어머니를 찾고 싶다고 말했다. 처음에는 별로 진지하게 여기지 않았다. 하지만 태화는 경찰서에 방문해 유전자 등록까지 마친 상태라고 말했다. 지현은 결사적으로 말렸다. 어머니에게 너를 찾을 생각이 조금이라도 있었다면 진작 찾고도 남았을 거라고, 우리 같은 애들이 부모를 찾으면 빚이건 짐이건 몸뚱이건 하여간 해로운 뭔가를 떠안게 되는 경우가 허다하다고 충고하듯 말했다. 지현은 보육원에 살면서 아버지와 고등학생 때까지 교류했다. 지현의 아버지는 지현이 성인이 되자마자 여러 차례 무리한 부탁을 했다. 일면식도 없는 친척의 간병을 부탁하거나, 금전적인 도움을 청하기도 했다. 지현은 번호를 바꾸고 접근 금지 가처분 신청을 한 상태였다. 지현은 태화도 자신과 같은 고통을 겪을까 봐 진심으로 염려했다. 이제야 간신히 생활이 안정되었는데, 허튼 생각 하지 말라고 윽박지르고 회유했다. 내가 하고 싶은 모든 말을 지현이 대신 해주었기에 나는 일부러 온건한 말로 태화를 다독였다. 네 마음은 충분히 이해하지만, 그런 건 신중히 결정할 필요가 있다는 식이었다.

    태화는 유기될 당시 일곱 살이었는데도 불구하고 부모의 이름을 알지 못했다. 자신에 대한 정보도 거의 아는 바가 없었다. 출생신고도 되지 않은 것으로 추정되었다. 일반적인 경우는 아니었다. 나는 그 애의 어머니가 의도적으로 모든 것을 숨겼을 가능성이 높다고 판단했다. 태화에게 적당한 위로를 건네면서 속으로는 경제적인 여유가 조금 생기니 태화가 엉뚱한 곳에 관심을 둔다고 한심하게 여겼다. 나는 이미 그 애를 하나뿐인 가족으로 여기고 있었고, 혼인신고만 하면 지현과 그 애는 부부가 될 터였다. 새삼스럽게 가족 타령을 하는 그 애가 어리석다고 느꼈다. 지현과 나는 그날 반대하는 데만 혈안이 되어 왜 갑자기 그런 생각을 하게 되었는지 태화에게 묻지 않았다.

    놀랍게도 속초 여행 이후 석 달도 되지 않아 태화는 어머니를 찾았다. 나와 상의도 없이 그런 일을 진행할 추진력이 태화에게 있었다는 사실에 나는 놀랐다. 내 의견과 반대되는 일을 스스로 선택하고 실행에 옮겼다는 사실에도. 그 애가 문자로 보낸 링크를 타고 들어가니 연예인들이 고민 상담을 해주는 유튜브 채널 영상이 떴다. 태화는 프로그램에서 공개적으로 어머니를 찾았고 촬영과 편집, 업로드가 모두 끝난 후에야 내게 알린 것이었다. 내게는 촬영 일정이 급하게 잡혀서 말할 정신이 없었다고 했지만 왜인지 사연을 신청했다는 사실을 알면 내가 말리기라도 할까 봐, 그런 상황을 미연에 방지하고자 뒤늦게 알린 것 같아 기분이 좋지 않았다. 문자를 확인하고도 한참 답장을 하지 않자 태화에게서 전화가 왔다. 내 기분이 어떤지 가늠하느라 잔뜩 긴장한 목소리여서 더욱 마음이 상했다. 기분이 더러웠던 이유는 속내가 간파당했기 때문이라는 것을 그때는 몰랐다.

　나는 애써 장난스럽게 말했다. 촬영 전에 말했으면 그 티셔츠는 절대 못 입게 했을 거라고, 헤어스타일이 도무지 마음에 들지 않는다고, 미리 알았으면 눈썹도 다듬어주고 피부 관리도 해주었을 거라고 다른 방식으로 태화를 타박했다. 태화는 내 기분이 풀렸다고 느꼈는지 여느 때처럼 수다스럽게 방송 출연 소감을 늘어놓았다. 무척 떨렸다고, 방송을 본 어머니가 겁을 먹을까 봐 일부러 원망하는 마음은 감췄다고.

　태화가 나온 프로그램을 딱 한 번 보았다.

연예인 두세 명과 심리상담사 한 명이 조언을 해주는 프로그램이었는데, 그들은 태화가 등장하자 20대 중반의 남자가 가질 만한 고민이 무엇일지 추측했다. 긴장감에 굳어버린 얼굴을 살피며 취업이 어려운 게 고민인지, 여자 친구가 생기지 않는 것이 고민인지, 혹시 전세 사기를 당했는지 각자의 상상력을 펼쳤다. 태화가 어머니를 찾고 싶어 나왔다고 하자 스튜디오의 패널들은 모두 놀라움을 감추지 못했다.

어릴 때 태화는 바다가 있는 지역에서 살았다고 했다. 지금껏 태화에게서 그런 말을 들어본 적이 없었기에 의아했다. 거제도에 갔을 때, 속초에 갔을 때도 태화는 고요한 눈으로 바다를 바라보기만 했다. 혹시 고향을 떠올렸던 걸까. 어머니의 이름은 김미정이나 권미경 중 하나고, 어머니가 배달하러 다닐 때

스쿠터 뒤에 탔던 기억이 남아 있다고 했다.

"그날 버스를 타고 긴 시간 이동했어요. 내린 곳은 어머니에게도 낯선 도시인 것 같았어요. 제가 배가 고프다고 하니까 음식점에 들어가 돈가스를 시켜주셨죠. 그리고 그곳에서 헤어졌어요."

"헤어졌다는 건 무슨 뜻이에요?"

한 패널이 확인하듯 묻자 태화는 힘겹게 대답했다.

"어머니가 저를 가게에 두고 사라지셨어요."

태화의 기억은 생각보다 구체적이었다. 모두 내게 말하지 않았던 내용이었다. 사연을 들은 패널이 태화에게 재차 물었다.

"일곱 살 때부터 지금까지 한 번도 어머니를 보지 못한 거죠?"

"네."

"이런 말 해서 미안하지만, 데이터베이스에

유전자가 등록되어 있지 않은 것을 보면 어머니는 태화 씨를 만나고 싶지 않은 것일 수도 있어요."

"그럴 수 있죠. 하지만 어머니에게 용기가 없었을 수도 있다고 생각해요. 저도 지금까지 그랬으니까요."

"왜 갑자기 어머니를 찾을 결심을 한 거예요? 방송까지 나오면서요."

공교롭게도 질문을 한 연예인은 그의 이름을 팔아 타인에게 여러 번 금전적인 피해를 끼친 부모 때문에 곤욕을 치렀다. '언론'에 여러 차례 이름이 오르내린 뒤 최근에서야 절연했다고 고백한 이였다. 그는 태화의 사연에 유난히 감정적으로 동요한 듯했다. 태화는 선뜻 답하지 못하고 머뭇거리더니 조심스럽게 대답했다.

"준비가 된 것 같아서요."

"무슨 준비요?"

"있는 그대로 받아들일 준비요. 사실 어머니를 찾고 싶은 마음은 오래전부터 품고 있었어요. 찾아 나서지 않은 이유는, 내가 상상한 모습이 아니면 어머니를 용서할 수 없을 것 같아서였어요. 어머니는 가난하고 병들어 있어야만 했어요. 그 병은 저 때문에 생긴 병이라야 해요. 미안함과 죄책감 때문에 마음고생이 지나쳐 병이 든 거죠. 성인이 된 후에는 어머니에게 돈이 좀 있었으면, 하고 바랐어요. 아들을 다시 찾겠다는 일념 하나로 악착같이 일해서 목돈을 모은 거예요. 건강과 젊음을 갈아 넣어서요. 그런 상상을 하곤 했어요."

태화는 쑥스럽고 민망한 듯 벌게진 얼굴을 두 손으로 거칠게 쓸어내렸다.

"지금은 기대를 좀 내려놨다는 거죠?"

"네."

"어머니가 어떤 모습이어도 상관없다는 거죠? 예를 들어서, 어머니에게 가정이 있을 수도 있고, 자식이 있을 수도 있어요. 번듯한 직장에 다닐 수도 있지만 오랫동안 병원 신세를 지고 있을 수도 있어요."

"상관없어요. 각오가 되어 있어요."

우스꽝스럽다는 생각이 들 정도로 결연한 표정이었다. 나는 태화가 그런 표정을 지을 수 있는 사람인지 몰랐다.

"그 정도로 단단히 마음먹었다면, 만나도 좋을 것 같아요."

패널이 카메라를 향해 말했다.

"태화 씨 어머니, 이 방송을 보고 계신다면 용기 내셔서 연락 주세요. 태화 씨도 한말씀 하세요."

"연락 주세요, 엄마. 제게는 이제 가족과

다름없는 누나도 있고 결혼을 약속한 사람도 있어요. 옛날 일은 다 잊었어요. 뵙고 싶어요."

사연이 방송된 후 열흘도 되지 않아 방송국으로 태화를 찾는 전화가 걸려 왔다. 태화는 그 사실을 내게 가장 먼저 알렸다. 울먹거리는 그 애에게 나는 정말 잘된 일이라고, 어머니를 만날 때 함께 가주겠다고 했다. 태화는 내 말에 몹시 안도했다. 모두 누나 덕분이라고도 했다. 하지만 지금은 기억나지 않는 사소한 이유로 나는 부산에 갈 수 없게 되었고, 나를 대신해 지현이 태화와 동행했다.

상봉은 바다가 보이는 해운대 어느 호텔의 레스토랑에서 이루어졌다. 함께 간 지현의 말에 의하면 태화의 어머니는 젊고, 건강했다. 남편과 아이가 있었다.

태화보다 여덟 살 어린 딸도 그 자리에 함께 나왔더라고 했다. 아이가 있다는 사실을 태화의 어머니가 미리 알렸기 때문에 태화는 어느 정도 마음을 다잡고 있었다. 그는 과거의 일을—물론—후회하고 있었고, 그 자리에서 너무 울어 잠시 졸도하는 바람에 응급실에 실려 갔다고 했다. 혼비백산한 태화 대신에 상황을 수습한 건 지현이었다. 지현의 말을 전해 들으며 나는 태화 어머니의 감정이 어딘지 좀 과잉된 것처럼 느껴졌다. 그러나 적어도 태화는 그 요란한 하루에서 위로를 얻었을 거라는 사실을 짐작할 수 있었다.

 태화는 그때부터 2주에 한 번, 적어도 한 달에 한 번은 주말에 어머니를 만나러 부산에 내려갔다. 갈 때마다 차를 렌트해 광안리로, 통영으로, 기장으로, 거제도로 어머니와 나들이를 다녔다. 나는 태화가 그런 행복을 누리는 게 부럽기도 하고 가끔은 질투도 났지만 그럼에도 기뻐하려고 노력했다. 태화가 어머니 선물을 고민하면 백화점에 데려가 주름 개선에 효과적인 화장품과 고상한 느낌의 스카프, 양산 같은 것을 함께 골라주었다. 그 애는 어머니와 찍은 사진을 종종 내게 보냈다. 나는 두 사람의 웃는 모습이 비슷하다거나, 입매가 똑 닮았다는 식으로 답장을 보냈다. 여자의 노란 머리는 차분한 갈색으로 바뀌어 있었다. 그 얼굴을 다시 보게 되었을 때 나는 사진 속 얼굴을 골똘히 살펴보았다. 그는 부드러운 미소를 지닌 점잖은 어른처럼 보였다. 악의가 조금도 서리지 않은 그의 얼굴이 나는 무섭고 불편했다.

 태화는 1년 동안 꼬박꼬박 어머니를 만나더니 어느 순간부터 부산에 발길을

끊었다. 대신 지현과 내게 지나칠 정도로 잘했다. 지현과 나는 우리가 예측했던 어떤 일들이 결국 일어났으리라고 예상했다. 태화는 꾹꾹 눌러놓은 마음을 부릴 곳을 찾아 헤맸다. 나와 지현에게 강화도에 가자는 둥 오사카에 가자는 둥 계속 바람을 넣다가 우리가 일 때문에 좀처럼 시간을 내지 못하자 자꾸만 술과 담배에 의지했다. 온라인 도박과 스포츠 토토에 손을 대더니 또 큰돈을 잃었다. 그 문제로 태화와 지현은 자주 갈등했고 어느 날 갑자기 헤어졌다.

나는 태화와 태화 어머니의 연이 그렇게 상처만 남기고 시시하게 끊긴 줄로만 알았다. 안타까운 일이었지만 차라리 다행이라고 여기기도 했다. 그런데 재작년 봄에 태화가 느닷없이 부산에 집을 구할지 고민하고 있다고 말했다. 고민하고 있다는 건 사실 나를 의식해서 덧붙인 말이었고, 대화를 해보니 이미 이직을 위해 이력서도 제출한 상태였다. 나는 그 애의 갑작스러운 결정에 경악했다. 왜 그런 결정을 상의도 없이 하냐고 다그쳤더니 현재 어머니가 이혼 조정 중이고, 서류 정리가 끝나면 아들과 살고 싶다는 바람을 전했다고 했다. 그리고 다른 서류 정리도 준비하고 있다고 했는데 그건 태화가 태화의 어머니 밑으로 기재되는 일을 말했다.

    나는 차라리 어머니를 모시고 서울로 올라오는 게 낫지 않겠느냐고 조언했다. 안정적인 직장을 그만두는 게 무모한 일처럼 여겨졌다. 태화는 내 제안을 귀담아듣는 듯 고개를 끄덕이고 수긍하는 척했지만 난 그 애가 어느 때보다 들뜬 상태라는 것을 느꼈다. 그 애는 하루라도 빨리 이 세계의 모든 일을 청산하고 어머니 곁으로 가겠다고 마음먹은 상태였다. 태화가 안달복달할수록 나는 왠지 일을 그르칠 것만 같다는 불길한 예감이 들었다.

고작 사나흘이 지났을까. 태화는 모든 일들이 없던 일이 되었다고 했다. 그 애는 그날 우리 집에서 밤새워 울었다. 태화의 고통과 비애가 마음 깊숙한 곳까지 전해져 나도 눈물이 났다. 나는 태화의 등을 토닥이며 내가 있다고, 우리끼리 서로 의지하며 살아가면 된다고, 살다 보면 이런 시간도 웃으면서 말할 날이 있을 거라고 했다.

1년 동안 비슷한 일이 서너 번 더 반복되었다. 태화는 어머니와, 어머니의 동생과, 어머니의 남편에게 매번 휘둘렸다. 그 과정에서 돈과 시간을 탕진한 것은 물론이고 회사에서의 평판도 무척 나빠졌다. 그즈음

나는 두고 보는 것도 한계에 치달아 그럴 거면, 차라리 눈치를 보지 말고 어머니와 담판을 지으라고 종용했다. 서류를 먼저 손보면 부차적인 문제들은 천천히 해결될 거라고, 그것부터 매듭지으라고 말이다. 태화가 친모의 아들로 인정받기 위해서는 증빙해야 할 서류가 많았다. 출생신고부터 차근차근 해결해야 했는데, 가정법원에 출생등록 허가 신청을 한 뒤 DNA 검사 결과와 유전자 감정서, 과거 병원 기록과 사진, 증인의 증언까지 모두 제출해야 했다.

태화가 강한 어조로 어머니를 설득했을 때, 어머니는 한 통의 문자로 모든 것을 무위로 돌렸다.

아무래도 힘들 것 같네. 많이 미안해. 나 좀 봐주라.

한 번만 더 부산에 가면 나와도 연을 끊을 각오를 하라고 말한 다음 날에도 태화는 나 몰래 부산에 갔다. 태화가 회사에서 권고사직 당했다고 한탄한 날, 처음으로 그 애에게 마음을 기울이는 일이 지겨워졌다. 위로만 바라는 그 애가 너무나 이기적이라서 화가 났다. 이제는 서서히 정을 떼는 편이 내 신상에 이로우리란 결론에 도달했다. 태화를 위로하고 다독이는 일, 웃게 하는 일, 일상을 살아가게 하는 일이 소모적인 일로 여겨졌다. 그때부터 나는 태화의 표정에 슬픔이 비칠 때, 그것을 심상하게 바라보는 연습을 했다.

작년 초, 태화는 이자카야에서 일을 시작했다. 어머니와는 정말 끝이야. 몰랐던 때로 돌아가기로 했어. 그렇게 말한 직후였다. 나는 저러다가 또 꺾이겠지, 또 속나 봐라, 이번에는 몇 달이나 가는지 보자, 하는 마음으로 냉소했다. 그러나 정말 태화는 어머니를 끊어냈다. 멀쩡하게 출근하고 이사도 하고 운동도 다녔지만 그 애의 마음이 이미 짓무르고 해졌을 거라는 것을 나는 알 수 있었다. 알고 있었으면서도 이상하게 나는 돌아온 그 애를 이전과는 똑같이 대할 수 없었다.

    나는 느슨하게 그 애를 붙들고 있었다. 사랑하는 것도, 사랑하지 않는 것도 아니었다. 사실은 사랑하지 않는 것처럼 보이고 싶어 나름대로 애를 썼다. 태화도 내 마음의 변화를 감지했던 걸까. 냉랭해진 내 말투와 표정을 느낀 그 애가 어떤 불안 속에서 말라갔을지 상상하고 싶지 않다. 태화가 우리 관계의 회복을 위해서 노력할 때 정작 나는 그 애를 외면했다.

❖

　어머니가 결혼을 하기로 했을 때, 나는 반대하지 않았다. 내가 반대해도 어머니가 뜻을 꺾지 않으리란 것을 알고 있었기에, 차라리 진심으로 어머니의 새출발을 응원하고 싶었다. 조금 불안하긴 했지만 내가 성숙한 태도를 보이면 결국 모든 게 좋아질 거라고 의지를 다졌다. 본능적으로 새로운 가정 안에 내가 설 자리가 없을 거라는 사실을 헤아린 것이다. 동생을 사랑할 마음의 준비도 미리미리 끝냈다. 태어나지도 않은 동생, 상상 속에서만 존재하는 그 어린 것을 절대로 질투하지 않기로, 조건 없이 사랑하기로 혼자 맹세했다. 새로운 삶의 방식을 숙지하기도 전에 나는 어머니의 부탁으로 그 세계에서 추방되었다. 어머니의 남자는 자신의 가족에게 나를 숨기기로 했다. 남자는 딸이 있다는 사실을 알고도 어머니와의 결혼을 결정했다고 했다. 어머니는 그가 '크게 양보'했으니 자신도 보답해야 한다고 말했다. 일생일대의 기회를 놓치고 싶지 않다는 듯 어머니는 너도 이제 다 컸으니까 이해하지, 하고 어색하게 웃었다. 나는 물러서지 않고 어머니를 설득했다. 내가 더 잘할게, 하고 비굴하게 웃었다. 사실 나를 성가시게 여기는 어머니의 태도에 이골이 났으므로 몇 번 더 숙이고 들어가는 건 별일도 아니었다.

어머니는 한 번만 자신을 봐달라고 말했다. 봐달라는 말. 나 역시 그 말에 지고 말았다.

❖

　　정말 태화였다. 내가 꿈이라고 치부했던 일들, 매일 겪으면서도 망상임이 분명하다고 나 자신을 설득했던 나날들이 실제 내가 통과한 현실이라는 것을 인정해야 했다. 나는 문 앞에서 머뭇거렸다. 새삼스럽게 그 애가 두려워진 건 아니었다. 신기하게도 처음부터 그 애가 두렵지는 않았다. 살아온 시간 동안 깨달은 것 중 하나는 공포는 단일한 감정이라는 것이다. 공포보다 피하고 싶은 것은 거북한 감정이다. 나는 원망과 슬픔을 어설프게 그러안고 아무렇지 않은 표정으로 태화를 마주해야 했다. 나의 곤란을 문밖에서 읽은 듯 태화도 더는 재촉하지 않았. 고요함이 길어지자 오히려 내가 초조해졌다. 그냥 가버릴까 봐. 그래서 나도 모르게 벌컥

문을 열어젖혔다. 태화는 어제와 비슷한 얼굴로 가만히 서 있었다.

"들어와."

태화를 집으로 들인 후 나는 그 애의 뒷모습을 눈에 담았다. 키가 크고 말라서 허정허정 걷는 걸음걸이가 무척 익숙했고, 또 생경했다.

태화는 식탁에 앉았고 나도 그 앞에 마주 앉았다. 태화의 얼굴을 어느 때보다도 유심히 살폈다. 평소와 다른 점이 없었다. 자신이 죽었다는 걸 여전히 모르는 걸까? 그래서 이렇게 영문도 모르고 헤매는 걸까. 태화에게 익숙한 곳이 고작 내 집이라서, 그래서 나를 찾아오는 걸까. 태화의 볼을 살짝 만져보았다. 태화는 잠시 움찔했지만 그냥 내가 하는 대로 내버려두었다.

"배고프지?"

"응."

"고기 먹자."

나는 남은 삼겹살을 구워 접시에 담았다. 바닥이 어느새 미끌미끌했다. 집 안 공기가 연기로 탁해져서 환풍기를 돌렸다. 자욱한 연기 속에 어제보다 조금 엷어진 태화가 앉아 있는 것이 이상하고, 또 기이하게 느껴졌다. 귀신이 제사상을 받는다는 말은 진짜였던 걸까. 다들 이렇게 익숙한 곳에 찾아와 밥을 먹고 배를 불리는 걸까. 다른 쪽으로 생각이 뻗어나가는 것을 멈추기 위해 고기를 알맞게 굽고 자르는 것에 열중했다. 얼려놓은 밥을 꺼내 전자레인지에 돌렸다. 푹 익은 김치를 꺼내 자르고 된장을 종지에 덜었다. 태화는 내가 차린 밥상을 두고도 수저를 들지 않고 보고만 있었다.

"식겠다. 얼른 먹어."

"고마워, 누나."

내일은 태화의 장례가 시작되는 날이다. 모든 의식이 끝난 후에도 나를 찾아올까. 그것이 궁금했다. 밥을 먹으며 태화는 나를 흘끔 쳐다보고, 주위를 두리번거렸다. 내가 자주 지적했지만 끝내 고치지 못한 사소한 습관이었다. 태화는 고기도 먹고, 김치도 먹고, 밥도 먹었다. 먹어도 먹어도 음식은 그대로 남아 있었다. 얼마의 시간이 흐르고 나서 태화는 배가 부른 듯 젓가락을 내려놓았다.

"다 먹은 거야?"

"응."

"콜라 줄까?"

"괜찮아."

"물어보고 싶은 게 있어."

태화가 물어보라는 듯 고개를 끄덕였다.

"왜 그랬니?"

그 애가 방심하다 당했다는 표정으로 내 눈을 피했다.

"내 생각은 안 났어?"

태화는 지난겨울 두 번의 자살 시도로 병원에 입원했다. 한 번은 약을 먹었고 한 번은 목을 맸다. 처음에는 내가, 두 번째는 지현이 발견했다. 태화는 죽음을 시도하기 전에 누가 봐도 의미심장한 문자를 발송했고 우리는 늦지 않게 태화의 집으로 갈 수 있었다. 위세척을 한 뒤 회복실로 이동한 태화를 보고 나는 눈물도 나지 않았다. 다시는 그러지 않겠다고 약속해. 죽고 싶어지면 나를 떠올리겠다고 약속해. 손가락을 걸고 약속했으면서 태화는 일주일도 안 되어 다시 목을 맸다. 나는 팔과 다리를 뜯긴 벌레처럼 어쩔 줄 모르고 제자리를 빙글빙글 돌았다. 거대한 손이 나를 바닥에 패대기치고 무자비하게 짓밟은 것 같았다.

 태화가 죽는다면 나는 최대한 그걸 늦게 알고 싶었다. 불현듯 그 애가 궁금하고 그리워도 참 좋은 애였는데, 잘 살고 있겠지, 하는 식으로 무책임하게 회상하고 뇌리에서 지워버리기를 원했다. 비겁하게도 덜 슬프려고 덜 사랑하는 법을 연마했다.

 "미안해."

 "그래놓고 날 찾아온 이유는 뭐야? 이제 내가 할 수 있는 것도 없는데."

 나도 모르게 따지듯이 물었다. 퉁명스러운 척하며 태화를 대하다 보니 이제 연기하려 하지 않아도 저절로 그런 말투가 튀어나왔다.

 "정확히는 모르겠어. 그냥 눈을 뜨면 이 집 문 앞에 도착해 있어. 처음에는 내가 죽었는지도 몰랐어. 나도 이유를 알고 싶어. 내가 누나 앞에만 나타나는 이유."

"짐작도 안 돼? 나한테 알리고 싶은 비밀이 있는 건 아니고? 죽음의 비밀이냐."

태화가 우스운 농담을 들었다는 듯 파아, 소리를 내며 웃었다.

"그런 게 어디 있어. 확실히 그건 아니야. 그것보디는 오히려⋯⋯ 다른 말을 하고 싶었던 것 같아."

"앞으로 계속 이런 상태로 존재해야 하는 거야?"

"아니야. 봐, 누나. 나 조금씩 희미해지고 있어."

태화는 내 눈앞에서 자신의 손을 접었다 폈다 하며 희미해진 몸의 윤곽과 손바닥의 손금을 보여주었다. 용접을 하느라, 불 앞에서 요리를 하느라 손 여기저기 덴 자국과 흉터가 있었는데 모두 아문 듯 잘 보이지 않았다. 사실은 아문 게 아니라 몸과 함께 흐려진 것이지만.

이토록 비극적인 사건이 발생했는데 우리는 울지도 않고 하소연하지도 않고 억울해하지도 않았다. 생각해보니 우리 삶에 불행이 너무 많았다. 원래 사람이 이런 식으로 담담해서는 안 되는 것이다.

"희미해지는 속도로 봐서 내일이나 모레 정도면 아주 사라질지도 몰라. 그 전에 해야 할 말이 있어서 누나를 찾아온 게 아닐까. 나는 그렇게 생각해."

태화의 소멸이라니. 나는 정신이 혼미해져 목소리에 집중하기가 어려웠다.

"누나가 했던 말이 생각나. 그날 우리 엄마를 멈춰 세우지 못한 게 누나 잘못 같다고 했잖아."

어머니에게 휘둘리고 연연하는 태화를 떠올릴 때마다 가슴이 답답했다. 그뿐만 아니라 손에 땀이 나고 마음이 마뜩잖았다. 그 불편한 마음이 무엇인지 수차례 나 자신에게 물었다. 내가 태화에게 도의적 책임을 느끼고 있는 것 같았다.

나는 어쩌면 그날 노란 머리 여자가 아이를 두고 가리란 걸 알았을지도 모른다. 사실 가방을 챙겨 사라지는 여자를 어느 정도 수상쩍게 생각했다. 어렸을 때부터, 커피를 마신 후 계산하지 않고 도망가는 어른들을 여러 번 보았다. 눈치 빠르게 알아채 어머니에게 일러서 돈을 받아낸 적도 몇 차례 있었다. 어머니도 그걸 염두에 두고 나더러 노란 머리 여자와 아이를 잘 살피라고 했을 것이다.

아주 어렸을 때, 그러니까 세 살이나 네 살쯤에 나는 내 아버지가 어머니와 나를 버리고 떠나는 모습을 보았다—누군가는 말도 안 된다고 여길지 모르지만 정말이다.
떠나는 사람의 수상한 뒷모습과
그들의 악심을 감지하는 능력은 그때
발현되었다—다시는 돌아오지 않을 것이다.
그런 내가 여자가 사라질 거라는 사실을
정말 몰랐을까. 태화가 버려지던 날의 내가
내내 미심쩍었다. 난 아주 나쁜 마음을
먹었던 게 아닐까. 왜 여자를 멈춰 세우지
않았지. 나만큼 외로운 아이를 만들어 곁에
붙들어두려는 음모를 꾸민 건 아닐까.
상상만으로도 나 자신이 불순하고 꺼림칙하게
느껴졌다. 그러나 이런 망상을 단호하게
부정하기 어려울 정도로 내겐 태화의 존재가
간절했다. 태화는 나의 분신이었다.

　속으로만 삭이던 음침한 마음을 태화에게
털어놓은 적이 있었다니. 솔직히 기억나지
않았지만 태화는 내가 술김에 그런 말을

한 적이 있다고 했다. 부끄럽고 수치스러워 얼굴이 붉어졌다.

"사실을 말하자면, 그날 버스를 타고 가는 길에 엄마가 나한테 그런 말을 했어. 엄마 이름이 뭐야. 나는 권미경, 이라고 자신 있게 말했지. 엄마는 나를 나무리면서 아직까지 엄마 이름도 모르면 어떡하냐고, 엄마는 미정이라고, 김미정이라고 말했어. 나는 고개를 저으면서 엄마 이름은 권미경이 맞다고 했지. 엄마는 내 엉덩이를 손으로 때리면서 애 보라고, 엄마 이름도 모른다고, 다시 말해보라고 했어. 그쯤 되니까 내가 정말 엄마 이름을 틀리게 알고 있었구나, 하고 창피해졌어. 달리는 버스 안에서 엄마는 세 번, 네 번, 다섯 번 계속 물어봤어. 멀미가 날 것 같다고 칭얼거렸는데도 멈추지 않았지. 결국 나는 김미정이라고 했고, 엄마는 옳지,

이제야 제대로 알아듣네, 하면서 내 머리를 쓰다듬었어. 엄마는 내가 자기 이름을 잊어버리길 바랐던 거야. 헷갈리기를 바랐던 거야. 시간이 흐른 후에도 찾지 않았으면 했던 거야."

태화의 어머니는 자신이 저지른 죄에 발목 잡힐 것이다. 나는 다시 분노가 치솟아 오르는 것을 느꼈다. 그는 죽음이 가까워지는 날, 자신이 권미경인지 김미정인지 혼란스러워하며 그 무엇도 아닌 무언가가 될 것이다. 나는 온 마음을 다해 그를 저주했다.

"그런데 나는 그날 엄마랑 같이 버스를 타고 먼 곳으로 여행 가는 게 좋아서 그날을 통째로 기억해버린 거야. 아주 사소한 것들까지. 파란색 버스에서 빨간색 버스로 갈아탔던 일. 버스에서 내리자마자 다시 어딘가로 가는 버스표를 끊은 일. 매표구로 나온 버스표가 한 장이었던 일. 처음 방문한 도시에서 엄마가 잠시 갈팡질팡하던 일. 나에게 돈가스를 전부 주고 엄마는 수프만 먹었던 것. 권미경이라는 이름도 김미정이라는 이름도 각인되어버린 거야."

 태화는 자리에서 일이니 2주 내내 모빌처럼 천장을 오르내리고 있던 거미를 한 손으로 잡아챘다. 창문을 열고 거미를 밖으로 내보냈다.

❖

 어머니가 형기를 채우고 부디 나를 찾으러 오길 기도했다. 기다리는 동안 나는 뭔가를 괴롭히고 죽이는 일을 일상적인 놀이쯤으로 생각하며 죄책감 없이 반복했다. 사탕이나 초콜릿 같은 달콤한 과자를 쉼터

나무 바닥에 놓아둔 뒤 개미가 꼬이기를
기다렸다. 작고 성실한 개미들이 사탕의
표면을 새카맣게 덮었을 때 나는 그것들을
손가락으로 꼭꼭 눌러 죽였다. 나방과 거미를
잡아서 날개나 다리를 하나만 떼어낸 후
그것들이 날 수 있는지, 도망갈 수 있는지
관찰하기도 했다. 순진무구한 어린애의
호기심이었다기엔 당시 나는 중학생이었고
그것이 지탄받을 일이라는 것을 명확히
알고 있었다. 선생님들의 눈이 닿지 않는
구석에서만 벌레와 곤충을 죽였으니 저열한
취미를 즐긴 것이 분명했다. 내가 그 '놀이'를
할 때마다 태화도 함께였다. 언젠가부터는
태화가 나보다 더 신난 얼굴로 벌레를 잡으러
다녔는데 내가 주위에서 흔히 볼 수 있는
개미와 거미, 돈벌레 같은 걸 주로 죽였다면
태화는 사슴벌레, 사마귀, 매미와 나비 등

다양한 곤충을 잡아 왔다.

    어느 날 나는 태화가 잡아 온 사슴벌레의 턱을 발로 밟아 기절시킨 후 나무젓가락으로 땅에 고정했다. 다리를 뜯고 날카로운 턱을 부수었다. 곤충이 괴로워하며 자리에서 빙글빙글 돌았다. 한참 방향을 못 잡던 사슴벌레가 기우뚱거리며 쉼터를 움켜쥐고 있는 등나무 줄기를 향해 필사적으로 도망쳤다. 나는 나무의 줄기를 타고 올라가는 곤충을 다시 바닥으로 떨어뜨렸고 이번에는 콱, 하는 소리가 나도록 밟았다. 곤충의 움직임이 완전히 멎었을 때 누군가에게서 훔친 라이터로 사체를 말끔히 태웠다. 무언가가 탄 흔적만 남게 되자 그 위에 흙을 덮고 발로 밟아서 흔적을 감췄다. 수십, 수백 마리의 곤충을 죽였을 텐데 유독 그날이 기억에 남는 이유는 태화가 내가 하는 양을 보고 아주 작은 목소리로 불쌍하다고 중얼거렸기 때문이다. 나는 발끈해서 네가 잡아 왔으면서 왜 그런 소리를 하느냐고 화를 냈다. 그런 식으로 골을 낸 게 처음이라 태화는 겁을 먹었다. 태화는 그런 말을 한 적이 없다고 했다. 내가 똑똑히 들었다고 하니 사실은 자기도 불장난을 해보고 싶었다고, 다음에는 자기도 해보고 싶으니 라이터를 한 번만 빌려달라고 궁색하게 둘러댔다. 다음 날 태화는 그때까지 본 적 없는 크기의 거대한 거미를 잡아 왔다. 나는 투명한 비닐봉지에 든 그것을 보고 징그럽다고 했다. 그러자 태화가 곧장 거미를 풀밭에 놓아주었다. 벌레를 죽이는 일을 언제 그만둔 것인지, 특별한 계기가 있었는지는 기억나지 않는다. 지금에 와서 곰곰이 생각해보니 태화는 그 '놀이'를 좋아하지 않았던 것 같다. 그 애의 웃음소리가 도무지 기억나지 않는 것을 보면. 누구에게도 방해받지 않고 분노에만 몰두할 수 있도록, 나의 졸렬한 화풀이가 덜 초라할 수 있게 그저 함께해주었을 뿐이라는 생각이 이제야 비로소 든다.

"누나가 죄책감을 느끼고 있다는 거 알고 있었어. 괜한 착각으로 괴로워하지 말라고 말해주고 싶었어. 그런데 말하지 않았지. 내가 버려졌다는 건 이미 모두 아는 사실이지만 그렇게 의도적으로 치밀하게 유기됐다는 사실은 숨기고 싶었어. 그게 자존심을 지키는 유일한 방법이었어."

나보다 키도 한참 크고 체격도 좋은 그 애가 오늘따라 이상하게 마르고 가냘파 보였다. 그때 창밖에서 강풍이 불었는데 화단의 나뭇가지를 흔드는 바람에 태화가 나부끼듯 휘청거렸다. 나는 태화의 옆으로 가서 창문을 닫았다. 태화에게서는 이제 더 이상 무게감이 전혀 느껴지지 않았다. 발도 바닥에서 조금 떠 있는 것처럼 보였다.

"태화야. 사는 건 아무것도 아닐지도 몰라."

나는 죽은 그 애를 위로한답시고 그렇게 말했다. 이 와중에 내 마음속의 거스러미 같은 작은 불안도 불식시키기 위해 노력하는 태화가 슬펐다. 그 애가 이미 저버린 생을 후회하고 아쉬워할까 봐 삶을 폄하했다. 그러자 태화가 빙긋 웃으며 말했다.

"아니야, 누나. 내가 죽어보니까 살아 있는 게 전부야. 그러니까 죽지 마. 죽을 생각도 하지 말고."

나는 한참 말없이 태화를 바라보았다. 그때 지현에게서 문자가 왔다.

언니. 늦은 시간에 죄송요. 9시부터 조문객 받으려면 7시 반까지는 오셔야 해요. 상주는 언니예요.

응. 일찍 갈게. 너 혼자 고생이다. 미안해.

아니에요. 근데 언니, 태화 잘 나온 사진 있어요? 영정 사신반 준비하면 되는데 적단한 게 없어요. 이력서에 넣었던 증명사진으로 하려고 하니까 표정이 딱딱해서 태화 같지가 않아요. 화질 좋은 건 다 장난스러운 사진밖에 없고요.

나는 휴대폰 앨범을 열어 적당한 사진이 있는지 살폈다.

"뭐 해?"

태화가 물었다. 조금 망설이다가 털어놓았다.

"장례식장에 놓을 사진이 필요하대. 네가 마음에 드는 걸로 골라볼래?"

태화는 내 옆에 붙어 앉아 휴대폰 화면을 넘기며 자신의 얼굴을 품평했다. 이건 너무 나사가 빠진 것 같고, 이건 눈을 감았고, 이건 실물보다 별로고 어쩌고저쩌고.

"차라리 그걸로 해줘. 우리 같이 속초 갔던 날. 타이머 맞춰놓고 바다 앞에서 찍은 사진 말이야."

"독사진도 아닌데?"

"잘라서 써."

태화의 뜻대로 그 사진을 지현에게 보냈다. 밝은 표정이 마음에 들었는지 지현도 두말없이 오케이 사인을 보냈다. 나는 입안에서 맴돌던 물음을 간신히 꺼냈다.

"이제 너는 어떻게 돼?"

상투적이지만 죽음은 새로운 시작이라는 식의 대답을 바랐다. 내게 찾아와 작별을 고하는 것은 그 시작을 위한 첫걸음이라고.

지난한 삶을 어루만지고 그동안의 슬픔이나 오해를 모두 해결하기 위한 과정 같은 것 말이다. 이 문을 나서면 또 다른 삶이 태화를 기다리고 있을 것이다. 지금까지 수많은 사람이 통과한 문이기에 안전이 보장된 문일 것이다. 그렇기에 나는 슬퍼할 필요가 없다. 태화는 분명 더 나은 곳으로 향하는 것일 테니까. 이 망각의 문을 통과하면 아름다운 세계가 분명히.

"모르지. 그러니까 누나가 지금 내 전부이지. 이 집을 나서면 나는 아마도 끝."

태화는 내가 움켜쥔 일말의 기대를 싹둑 자르며 산뜻하게 말했다. 사실 오래도록 내가 누군가의 전부이기를 꿈꾸며 살아왔다. 그러나 이런 식으로는 아니었다.

"누나."

"왜?"

"알고 있었어. 누나가 나를 무척 아꼈다는 거. 내가 누나의 가족이고 친구고 전부였다는 거."

나는 태화가 하는 말들을 정확히 이해할 수가 없었다. 태화를 아낀 것은 사실이지만 전부이기까지 했나. 하지만 듣고 보니 맞는 말 같았다. 태화가 전부라서, 전부를 잃지 않기 위해 마음을 모질게 끊어냈다. 하지만 결국 실패한 거겠지. 덜 사랑하면 덜 슬플 줄 알았는데.

"나는 한 명으로는 부족했나 봐. 엄마도, 동생도, 누나도, 아내도 필요했어. 그러면 온전해질 줄 알았어."

나 역시 그랬다. 어머니와 멀어진 후, 평범한 삶을 살기란 글렀다고 생각했다. 대신 태화와 내가 서로를 점유하고 장악하기를 바랐다. 다른 사람들과는 결코 비교할 수 없이 끈끈하고 소중하기를. 가끔씩은 서로의 삶에 행패 부리기를. 미안함이라고는 모르고 뻔뻔하게 착취하기를. 그러고도 당연하다는 듯 서로의 곁을 지키기를.

돌이켜보니 나는 너무 쉽게 태화를 놓았다.

"이제 가야겠다. 봐. 엄청나게 투명해졌지."

정말 그랬다. 태화를 바라보면 태화 너머의 밤이, 화단에 심긴 나무들이, 맞은편 아파트의 노란 불빛이 모두 비쳐 보였다.

"내일도 만날 수 있을까?"

"아마 어려울 것 같은데."

태화가 미안하다는 듯 머리를 긁으며 웃었다.

"누나는 나한테 하고 싶은 말 없어?"

"너희…… 어머니께는 정말 알리지 않아도 괜찮겠어?"

태화는 창밖에 잠시 시선을 두었다가 나를 바라보았다.

"그냥 모르게 두자. 그게 나아."

"알았어. 대신 내일도 와."

"그거 말고는 해줄 말 없어?"

"맛있는 거 해줄게."

태화는 슬며시 웃을 뿐이었다. 내가 흐르는 눈물을 손등으로 훔친 찰나의 순간에 태화는 사라졌다. 거짓말 같았다. 소파에 앉아서 조금 울다가 갑자기 궁금해져 휴대폰으로 연고자라는 단어를 검색했다.

'연고자'란 사망한 자와 다음 각 목의 관계에 있는 자를 말하며, 연고자의 권리·의무는 다음 각 목의 순서로 행사한다. 다만, 순위가 같은 자녀 또는 직계비속이 두 명 이상이면 최근친(最近親)의 연장자가 우선순위를 갖는다.

가. 배우자.

나. 자녀.

다. 부모.

라. 자녀 외의 직계비속.

마. 부모 외의 직계존속.

바. 형제·자매.

사. 사망하기 전에 치료·보호 또는 관리하고 있었던 행정기관 또는 치료·보호기관의 장으로서 대통령령으로 정하는 사람.

아. 가목부터 사목까지에 해당하지 아니하는 자로서 시신이나 유골을 사실상 관리하는 자.

법령에 따르면 나는 가장 후 순위에 있었지만 결국 태화를 수습하는 것은 내가 되었다. 그렇다면 내가 태화의 연고자인 것이다. 문득 태화를 보내기 전에 해야만 했던 말이 무엇이었는지 깨달았다. 어쩌면 태화가 듣고 싶어서 마지막까지 기다리던 말일지도 몰랐다. 깨달음은 언제나 늦고 후회만이 영영.

너의 몸이든 영혼이든 절대 포기하지 않겠다. 너를 수습하고 너를 감당하고 오래도록 기리겠다.

작가의 말

　이 소설을 쓰게 된 계기를 말하자면 이것이다. 친구와 어느 날 공포 소설에 대한 의견을 나누고 있었다. 친구는 엉뚱하게도 공포 소설이 주는 카타르시스보다 공포 소설에서 느껴지는 비애에 더 집중했다. 우리가 분석한 공포 소설의 플롯은 대개 이렇다.

　1. 가족이나 애인이 죽는다.
　2. 장례를 치른다.

3. 슬픔에 잠긴 유가족은 제발 내 가족이 살아나기를 기도한다.

　4. 늦은 밤, 무언가가 현관문을 두드린다. 그건 나의 사랑하는 가족이다.

　5. 문을 열 것인가, 말 것인가. 유가족은 갈등한다.

　독자는 문을 두드리는 '소중한 사람'이 왜 갑자기 공포스러워졌는지 정확히 모르는 채로 섬뜩함에 휩싸인다. 그 두려움의 근원을 굳이 풀어서 설명하자면 돌아온 존재는 내가 사랑했던 가족이지만, 동시에 죽음의 세계에서 온 미지의 존재이기도 하기 때문이다. 나는 클리셰적인 공포 소설이 주는 재미에 대한 이야기를 나누고 싶었는데 친구는 이 이야기가 무척 슬프게 느껴진다고 울적해했다. 자신이라면 귀신이 된 가족을 정말 잘 대접할 것이라고.

"오라고 해서 갔는데 어째서 반기지 않는 거야. 아마 귀신은 자신이 죽었다는 사실보다 그게 더 슬플 거야."

친구의 휴머니즘적인 관점에 설득되어 나는 '죽은 사람이 매일 밤 돌아오는 이야기'를 쓰기로 했다. 돌아온 귀신을 무작정 환대하는 이야기를 쓰고 싶었다. 시작은 순전히 재미였다. 그런데 이야기는 늘 예상과는 다르게 흘러간다.

이 소설을 쓰는 동안 괜히 시작했다는 생각, 그만 쓰고 싶다는 생각을 천 번쯤 했다. 노트에는 소설이 될 수 있는 아이디어들이 가득했으니 다른 소설을 쓰면 그만이었다. 그렇게 이 이야기, 저 이야기를 기웃거렸는데 그중 어떤 세계에도 몰두할 수가 없었다. 나는 돌고 돌아 다시 《연고자들》 원고 앞에 앉았다. 오랜 시간이 걸렸지만 결국 포기하지 않고 완성했으니 내 생각을 천한 번쯤 돌이킨 셈이다.

  쓰는 동안 생각한 것은 오직 태화와 윤아의 마음이었다. 서로의 허기진 영혼을 달래는 사람들, 어른이 되어서도 어딘가 무르고 약한 사람들. 나에게는 빙의하는 능력이 없으므로 짐작만 할 수 있었다. 태화를 향한 윤아의 감정, 윤아를 향한 태화의 감정은 무엇일까. 둘에게 서로가 서로에게 무엇이었느냐고 물으면 아마도 침묵으로 답할 것이다. 소설을 쓰다 보면 사랑과 우정이라는 단어가 참을 수 없이 뭉툭하게 느껴질 때가 있다. 소설에서는 '전부'라는 표현을 쓰긴 했지만 그 또한 적확한 표현은 아닌 것 같다. 태화와 윤아는 상처를 견디는 데 익숙한 존재들이며 기꺼이 아픔을 감수하고 사랑하려 애써왔다. 내어주는 만큼 감정을 돌려받지 못해 자주 좌절했을지라도. 애정을 찾아 불나방처럼 달려드는 그들의 모습은 일견 무모하게도 집착처럼도 보일 것이다. 불건강해 보이는 삶과는 거리를 두고 싶은 게 당연하지만 한편으로 나는 그런 삶을 선망해왔다. 덜 좋아하면 덜 상처 받겠지, 그런 식으로 애정을 조절하며 살았으니까. 상처를 덜 받기 위해 거리를 두는 태도는 얼핏 안전해 보이지만 사실은 비겁했던 게 아닌가, 스스로에게 묻게 되었다. 극진한 사랑의 감정들, 아낌없이 쏟아내지 못해서 부패한 마음을 소설 여기저기에 부려놓았다. 조금 난잡하고 징그럽게 느껴질지라도 정리하지 않았다. 그게 더 진실에 가까울 것 같아서다. 독자들이 부디 이들의 영혼을 위로해주시기를, 헤아려주시기를 바란다.

원고를 기다려주신 위즈덤하우스에 마음 깊이 감사드린다. 정말 오래 헤맸는데, 곽선희 편집자님 덕에 이야기를 마무리 지을 수 있었다. 혼자 모든 것을 책임지고 있다고 착각하며 살지만 글은 결코 혼자 쓰는 것이 아니라는 깃을 다시 배운 시간이었다.

마지막으로, 나를 웃게 해주는 한솔과 한별에게 존경하고 사랑한다는 말을 전하고 싶다.

2025년 7월

백온유

한 조각의 문학, wefic

구병모   《파쇄》
이희주   《마유미》
윤자영   《할매 떡볶이 레시피》
박소연   《북적대지만 은밀하게》
김기창   《크리스마스이브의 방문객》
이종산   《블루마블》
곽재식   《우주 대전의 끝》
김동식   《백 명 버튼》
배예람   《물 밑에 계시리라》
이소호   《나의 미치광이 이웃》
오한기   《나의 즐거운 육아 일기》
조예은   《만조를 기다리며》
도진기   《애니》
박솔뫼   《극동의 여자 친구들》
정혜윤   《마음 편해지고 싶은 사람들을 위한 워크숍》
황모과   《10초는 영원히》
김희선   《삼척, 불멸》
최정화   《봇로스 리포트》
정해연   《모델》
정이담   《환생꽃》
문지혁   《크리스마스 캐러셀》
김목인   《마르셀 아코디언 클럽》
전건우   《양심》
최양선   《그림자 나비》
이하진   《확률의 무덤》
은모든   《감미롭고 간절한》
이유리   《잠이 오나요》
심너울   《이런, 우리 엄마가 우주선을 유괴했어요》
최현숙   《창신동 여자》

연여름	《2학기 한정 도서부》
서미애	《나의 여자 친구》
김원영	《우리의 클라이밍》
정지돈	《현대적이라고 말할 수 없는 죽음들》
이서수	《첫사랑이 언니에게 남긴 것》
이경희	《매듭 정리》
송경아	《무지개나래 반려동물 납골당》
현호정	《삼색도》
김 현	《고유한 형태》
이민진	《무칫》
김이환	《더 나은 인간》
안 담	《소녀는 따로 자란다》
조현아	《밥줄광대놀음》
김효인	《새로고침》
전혜진	《고르디우스의 매듭을 자르면》
김청귤	《제습기 다이어트》
최의택	《논터널링》
김유담	《스페이스 M》
전삼혜	《나름에게 가는 길》
최진영	《오로라》
이혁진	《단단하고 녹슬지 않는》
강화길	《영희와 제임스》
이문영	《루카스》
현찬양	《인현왕후의 회빙환을 위하여》
차현지	《다다른 날들》
김성중	《두더지 인간》
김서해	《라비우와 링과》
임선우	《0000》
듀 나	《바리》
한유리	《불멸의 인절미》
한정현	《사랑과 연합 0장》
위수정	《칠면조가 숨어 있어》
천희란	《작가의 말》
정보라	《창문》
이주란	《그때는》
김보영	《혜픈 것이다》
이주혜	《중국 앵무새가 있는 방》

정대건	《부오니시모, 나폴리》
김희재	《화성과 창의의 시도》
단 요	《담장 너머 버베나》
문보영	《어떤 새의 이름을 아는 슬픈 너》
박서련	《몸몸》
금정연	《모두 일요일이야》
박이강	《잡 인터뷰》
김나현	《예감의 우주》
김화진	《개구리가 되고 싶어》
권김현영	《수신인도 발신인도 아닌 씨씨》
배명은	《계화의 여름》
이두온	《돈 안 쓰면 죽는 병》
김지연	《새해 연습》
조우리	《사서 고생》
예소연	《소란한 속삭임》
이장욱	《초인의 세계》
성해나	《우리가 열 번을 나고 죽을 때》
장진영	《김용호》
이연숙	《아빠 소설》
서이제	《바보 같은 춤을 추자》
권희진	《일단 믿는 마음》
정이현	《사는 사람》
함윤이	《소도둑 성장기》
백세희	《바르셀로나의 유서》
이현석	《고백의 시대》
임솔아	《엄마 몰래 피우는 담배》
김유원	《와이카노》
백온유	《연고자들》

위픽은 위즈덤하우스의 단편소설 시리즈입니다.
'단 한 편의 이야기'를 깊게 호흡하는
특별한 경험을 선사합니다.

이 작은 조각이 당신의 세계를 넓혀줄
새로운 한 조각이 되기를.
작은 조각 하나하나가 모여
당신의 이야기가 되기를.

당신의 가슴에 깊이 새겨질
한 조각의 문학, 위픽

위픽 뉴스레터 구독하기
인스타그램 @wefic_book

연고자들

초판 1쇄 발행 2025년 7월 30일
초판 2쇄 발행 2025년 10월 22일

지은이 백온유
펴낸이 최순영

출판2 본부장 박태근
스토리 팀장 김소연
편집 곽선희 김다인 김해지
디자인 이세호

펴낸곳 ㈜위즈덤하우스 **출판등록** 2000년 5월 23일 제13-1071호
주소 서울특별시 마포구 양화로 19 합정오피스빌딩 17층
전화 02) 2179-5600 **홈페이지** www.wisdomhouse.co.kr

ⓒ 백온유, 2025

ISBN 979-11-7171-463-6 04810
    979-11-6812-700-5 (세트)

값 13,000원

· 이 책의 전부 또는 일부 내용을 재사용하려면 반드시 사전에
  저작권자와 ㈜위즈덤하우스의 동의를 받아야 합니다.
· 인쇄·제작 및 유통상의 파본 도서는 구입하신 서점에서 바꿔드립니다.